Order this book online at www.trafford.com
or email orders@trafford.com

Most Trafford titles are also available at major online book retailers.

Note for Librarians: A cataloguing record for this book is available from Library
and Archives Canada at www.collectionscanada.ca/amicus/index-e.html

Printed in Victoria, BC, Canada.

ISBN: 978-1-4251-8503-9 (sc)

ISBN: 978-1-4251-8504-6 (e-book)

*Our mission is to efficiently provide the world's finest, most comprehensive book publishing
service, enabling every author to experience success. To find out how to publish your
book, your way, and have it available worldwide, visit us online at www.trafford.com*

Trafford rev. 9/8/2009

 www.trafford.com

North America & international
toll-free: 1 888 232 4444 (USA & Canada)
phone: 250 383 6864 ♦ fax: 812 355 4082

POEMAS DEL INDIO BURGOS

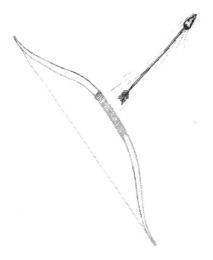

AUTOR: PEDRO BURGOS ALEGRÍA

Diseño de la portada: **Maricela R. Loaeza** y Albert Y. Santana

Fotografía de la carátula por: Felipe Villalobos

Fotografía blanco y negro por: Joan Warwick

PRÓLOGO

Por: Maricela R. Loaeza

Poemas del indio Burgos. Sus poesías surrealistas e imaginativas son extraídas de la única educación que le brindó la escuela de la vida. Burgos nos lleva a ciegas a las más remotas montañas de su ser y dentro de él podemos indagar, escudriñar sus sentimientos casi olvidados como el poema de la vasija; con él, nos guía al fondo de esa desilusión con sus paredes de arcilla, nos enseña como estuvo llorando en aquél vacío fúnebre y sombrío. Burgos, hoy en día se encuentra viviendo la senectud de su vida. Conserva las ilusiones de un adolescente. Convierte a las mujeres en sus musas dulces. De esa manera se inspira en ellas para escribirles los versos más floridos de su numen. La mayoría de sus poemas los hace en honor a las mujeres. Ellas son envueltas con enaguas. Las cobija através de palabras embelesadoras. Las llena de romances frases sonoras. Él te seduce para llevarte a un mundo mágico, lleno de emociones, y sentimientos para deleitarte con sus poemas y de esa forma te conviertes en su crítico y divagas con él en las locuras de un sentido amanecer. Haciendo uso de su lira y el juego de sus vocablos te lleva hasta el fondo de su corazón para hacer la historia plasmada en un libro de un hombre enamorado, amante de la poesía y del amor.

DEDICATORIA

Este libro lo dedico especialmente a mi difunta madre: **Josefina Alegría Calles,** quien en vida me dejó el legado de escribir poesía. A toda mi familia que me apoya espiritual y moralmente. A todas las mujeres que al nacer Dios las bendijo, dándoles en su vientre el poder de la vida y a cada musa que llegó a mi corazón para posar y ser la inspiración de estos versos que les brindo a ustedes.

AGRADECIMIENTOS

Poeta: Maricela R. Loaeza, por brindarme su apoyo incondicional para que este libro sea una realidad.

Fernando Funes, quien comparte conmigo este amor a la poesía siendo mi compañero en las tertulias y lunadas poéticas.

Alicia Funes, quien considero una hermana del alma para mí.

Alberto Funes, porque siempre me ha dado la mano en mis días de enfermedad, tristeza y pobreza.

ÍNDICE

LA VASIJA	11
ABANDONO	12
HASTÍO	13
CUANDO	14
DEDOS PÁLIDOS	15
ÁRBOL	16
EL VIENTO	17
LLENA DE FRIO	18
INALCANZABLES	19
LA VEREDA Y ELLA	20
LLEVARTE	21
NAVEGANDO	22
NO ME BUSQUES	23
NUNCA	24
PERMÍTEME DECIRTE	25
EL TIEMPO	26
SEÑOR SOLITARIO	27
SI VOLVIERAS	28
TE ESCUCHÉ	29
ENAGUA	30
UN INSTANTE	31
VENÍAS	32
VIDA	33
ALREDEDOR DE TI	34
EN UN CAMINO	35
DESAIRES	36
ERES	37
TODO	38
FRÍO INVIERNO	39
LA VERDAD	40
INQUIETUD	41

MIEDO	42
LA VI	43
ME ACORDE DE TI	44
NO ME HABLES	45
NO TE ESCONDAS	46
ÓLEO	47
SENTIDO AMANECER	48
SI ME DESHOJAS	49
TIEMBLAN	50
UN MAÑANA	51
DISTANCIA	52
TE AMÉ	53
TIERRA	54
TU SOMBRA	56
DESPRECIOS	57
TU MIRADA	58
EL BESO	59
SUEÑOS VIVIDOS	60
TU VOZ	61
BESOS PASIONALES	62
MI PEQUEÑA SEÑORA	63
CUANDO LLORAS	64
REÍTE	65
ROMANCE	66
MI CUERPO	67
EL SONIDO	68
DEBERÍAMOS	69
NO ME CULPES	70
SI MUERO	71
TU PIEL, MI PELO	72
EL QUEJIDO	73
PLATIQUEMOS	74
INCITACIÓN	75

VERNOS	76
QUISIERA	77
NO ME DIGAS	78
ESTA NOCHE	79
PARTÍ	80
UNA LLAMADA	81
HE CONOCIDO	82
ALGÚN DÍA	83
AL OÍRTE	84
CUANDO TÚ TE VAS	85
SERÁS	86
TE GUARDO	87
SILENCIAME	88
HE PERCIBIDO	89
ILUSIONES	90
MADRE	91
MIMOS	92
DE ESTE AMANECER	93
PERMÍTEME A MÍ	94
PRECIPITACIONES	95
SI ME HABLAS	96
SÍGUEME	97
SOLA	98
TE FUISTE	99
TU CUERPO	100
A ESOS OJOS	101
A UNOS OJOS	102
RECUERDOS	103
MI ALMA	104
MI NIÑA	105
EL RÍO Y YO	106
TE AMO	107
LA BUSCO	108

Fotografía por: Joan Warwick

LA VASIJA

Ayer estuve llorando
en el vacío de una vasija olvidada
en el estanque de aquel vado,

la rodeaban dagas filosas,
que guardaban un rencor
fúnebre y sombrío.

Cuando estuve cerca de ella,
en su fondo vi una desilusión
quebrantada por embrujos temblorosos.

En sus paredes de arcilla
lágrimas bajaban
por sus pupilas farsantes
con quimeras pueblerinas.

Me senté a su lado unos segundos,
preguntándome a mi mismo:

¿Qué será de la vasija?

ABANDONO

El abandono llegó en los instantes
en que los valores dulces
fueron hechos figuras geométricas,
en sus vacíos dejan gotas de lluvia,
debajo de la superficie…

Consiguiendo que rocas engrandecidas,
sean pequeños fragmentos
en blanduras internas, perdiendo escollos
escondidos,
donde la derrota es un ser profundo,
cobijado con esencia visible e invisible,
donde no se percata el desaliento.

Los verbos han perdido su comando,
se mantiene el edificio intocable
para que no sean lastimados
por infames puñaladas
entre las inciertas noches,
llenas de un vocabulario mudo.

Hechos de silabas arrojadas
a las profundidades
del abismo abandonado
por la ineficacia del entendimiento
las bases profundas se hicieron gases,
siendo un sueño imperfecto…
Por haber caído en amor con las sombras,
quemaron la memoria.

HASTÍO

Vi el hastío
partido en consecuencias,
madurando al conocerse en si
y abrirse paso…

Entre lo entretejido de las vastedades,
las inmensidades sin filosofías
llenas de vacíos incoherentes
permanecen en el subterráneo…

Las venas rodeadas por el polvo
que se rompen y se dispersan
volviéndose océanos invisibles…

Después aparece el hastío
sobre la superficie de la tierra,
convertido en violencia
y dejando heridas en el alma.

CUANDO

Cuando se esté ahogando tu pecho
no te adentres en suspiros sin aliento,
descifra lo que fue creado...

Baladas que brotan lamentos
o lagrimeos volátiles sin luz, sin amor,
estos vendrán como burbujas
impregnadas de suplicios y exprimidos.

como recuerdos sin apariencia
se estancan solos para ser vertidos
sobre las soledades sin pasado...

Cuando los recuerdos lleguen
no serán aparentes,
de esta manera,
antes de que llegue el alba
el sueño desaparecerá.

Los lamentos serán ineludibles,
se estarán quebrando
en el silencio de las palabras,
que se habrán movido
condensadas en tu pecho.

DEDOS PÁLIDOS

Mis dedos están pálidos
de no verte;

las líneas
se están borrando
día a día
con un temblor increíble.

Suscita en las noches
vuelos de tristeza,
entre nubes,
respiro el aire
que purifican tus ojos...

Me voy con el viento
a buscar estrellas,
las dejo manchadas
con mi pálida sangre...

Para hacerte reina
con color de luna
envuelta en llanto,
junto con el aire
que purifican tus ojos,

y mis dedos
dejo, manchados
con mi pálida sangre.

ÁRBOL

Árbol, tu constancia en el amanecer
de las nebulosas mañanas
que te acogen con hipocresía
me sonríen.

A veces veo caer tus hojas muertas
y tu corazón sólido de árbol erguido
también está muriendo,
conforme el tiempo pasa.

Esa innata solidez me transporta
a mis tardes frías
y me cobijaba bajo tu sombra.

Sé, no regresará jamás,
este dolor que estoy sintiendo.

Árbol vespertino
acudí a tus suspiros
en momentos de tristezas,
ahí volví a nacer
cobijado entre sus ramas.

EL VIENTO

Existen momentos donde el viento
toca las conciencias infinitas,
y juega con las penas
escondidas en las aguas obscuras
y profundas.

Sus medidas volumétricas
las cubren y las ahogan,
el ego de las aguas se agiganta
sienten los furores de los vientos,
y recogen las penurias de las gentes.

De pronto,
ahí, en el ruido de sonidos
creados por los vientos
se van las penas.

En ese momento
el viento se hace brisa
y la brisa se hace viento,
segados por lo dulce y lo amargo.

Se desbordan,
las negruras insensibles
de los contornos
y los ecos escuchados se pierden
cuando la vida esta arrugada.

LLENA DE FRÍO

Estabas llena de frío, convulsa,
eras una flor sin deshojarse,
a tus pétalos le albergaba la sombra,
con alientos perdidos, aquietándose.

No encontrabas
el suspiro profundo
para sentirte conmovida,
no sentías reposo,
en los albergues sin techo.-

Con cobijas polvorientas,
al sacudirlas el polvo pregonaba
a través de lo que expiro
de las moléculas muertas.

llegué despacio, en silencio,
me senté en el larguero de tu cama
de madera, ya sin alma,
toqué tu pelo de niña,
te di un beso en la frente

y tus ojos inmóviles no sonreían;
salí corriendo al camino,
le grité al infinito:
¡Se fue mi amada para siempre…!

¡Esta muerta!

INALCANZABLES

Inalcanzables fuimos

todos los días,

inestable eras tú,

cuando el balance fue perdido,

a la vuelta de la esquina,

una flor marchita se sentía morir

sus pétalos caídos veían

con tristeza el invierno.

¡Me sentí como quién soy!

La tristeza de esa flor pimentosa,

dulce, tierna,

entendible como la mañana en flor.

Inestables seríamos si esa flor

de la esquina se secara para siempre

y no volviera a renacer.

LA VEREDA Y ELLA

Esa vereda
con sus verdes arboledas,
en sus finales hay insectos
que perturban la calma.

En las ramas de los árboles
canarios, palomas, cenzontles,
no cantan, titiritan de frío.

Cerca de ahí vive ella
la que siempre se pasea,
la de la angosta cintura.

¡Es ella, la que cuando camina
caracolea su cuerpo,
sus vaivenes
son ternura envuelta con encantos!

Si habla, balbuceas palabras;
al reír, no deja decir mentiras.

Esa era ella, la que vi un día
y nunca volveré a verla
pasearse por la vereda.

LLEVARTE

He querido llevarte,
a los confines
donde encontré el amor
para adorarlo
sin sarcasmos ni variantes.

He vivido rodeando
con mis brazos extendidos
tu delgada cintura.

Te he sentido liviana;
contorneándote siempre
todos los días,
si ríes, traveseas,
te sientes vibrante

si te miran te dibujas
o caminas de prisa
y el viento travieso
te alborota tu pelo,

con su cruenta violencia
del correr mañanero,
se va, y se va,
escondido en tu cuerpo
de muñeca de esponja.

NAVEGANDO

Navegando mar adentro
en un cayuco,
lleno de ilusiones y sollozos
las viejas esperanzas se opacaron
por choques insensatos de la vida.

Sentí miedo,
el mar se conmovía
de la historia desgarrante,
que traía en el alma.

Se sacude con violencia,
me dice que me aleje,
y me pierda en la distancia inmensa
de sus aguas caudalosas

y al volver con las heridas ya sanadas,
nacerán caóticos suspiros
aterrándome en el fondo,
que manipula la inconciencia de mi ser.

NO ME BUSQUES

No me busques en cúspides
con barreras a sus lados.
Tal vez
no hallarás tierra,
solo aire
circulando en cada esquina.
Quizás
encontrarás espuma
y violencia asfixiante
iniciada por espacios
angostos...
Dejados con incógnitas
cargándolas,
pesantez se sienten sus raíces
en agonía
llenas de desolaciones internas
de la madre naturaleza sin aliento...
Ahí, llego el holocausto
de nuestras revelaciones
convertidas en un pocillo de amarguras.

NUNCA

Para que nunca digas que mi beso
fue tardo o falso me escondí
en lo pulcro y profundo
donde existe un limo desojado.

Los pasos rodeados
de fuego ardiente,
y las plantas de los pies
son magulladas
y el dolor se siente como una noche
sin luciérnagas.

De repente me encontré rodeado
de paredones sucumbidos
en el olvido de una esperanza
blandiéndose en el decaimiento,
del encanto sin armonía
perdiéndose en el in sosiego.

Logré acogerme
en ese limo fuerte y puro
para que todo fuera un sonido fugaz,
sin atropellar mi mente.

No volveré a vivir la quietud
de tus besos de arrollo pujante.

PERMÍTAME DECIRTE

Necesito que me permitas hablar de ti…
Este medio día
hay un pantano decayendo
en su espesura entre los dos.

Existen sombrías remembranzas
con heridas causadas
por caminos desolados,
piedras que parecen cuchillos hirientes,

huellas marcadas, sangrantes,
ahí caminábamos los dos lesionados
amándonos.

Los momentos vividos
eran nuestro crucifijo
sacrosanto para ambos
dejados en el lago sanguíneo
de las rocas filosas
encontradas en las calles.

Al amanecer… Estaba la verdad
sobre nuestros inexplicables
principios pasionales,
a veces hundiéndolos en la vida,
como ausoles hirvientes
brotando de la tierra.

EL TIEMPO

Ha pasado el tiempo
y habrá de secarse
entre todo lo próximo.
Quizás modificando
incertidumbre caótica,
blandiendo lo duro
de lo cimentado
en lamentaciones
sobre plantas
verdosas asediadas por lo injusto
sin ser igualadas al suceso
fecundo…
Nadie sabrá lo sucedido
en el fondo pleno.

SEÑOR SOLITARIO

Señor solitario,
dueño de las tardes frías
y las madrugadas
llenas de melancolías…

¿Me permite acompañarlo?

También soy un alma solitaria
a quien no le quedan
más que esperanzas.

Fui feliz un día
señor dueño de un recuerdo,
flor en primavera.
Quiero conseguir abrigo,
ofrecer mi corazón vacío
y del amor lo que me queda.

Lloré un día y como todos
también bebí melancolías,
déjame ser tu amigo
quizá siendo tu compañero
nazca una sonrisa
del Señor solitario…

SI VOLVIERAS

Si volvieras
para vivir entre las miradas
de unos ojos
que las angustias los disipan.

Llorosos se vuelven
al entrar al mundo de los sueños,
al final de sus pestañas caen gotas
como sobrantes de lluvia
desparramándose,
convirtiéndose en gotas de rocío
entre el césped
o la hierba amedrentada.

Fui a llorar y a implorarte
que volvieras
a través de un ramo sin flores
trayendo en cada rama,
unas hojas marcadas
con besos sonrosados...

Y rastros entre los cogollos
que se inundaron de esperanzas
cerca del patíbulo
de barrancas pordioseras...

TE ESCUCHÉ

Escuché un sonido
y un rayo de luz
apareció en la mente,
al mismo tiempo un dolor
sobre las líneas del cuerpo
de la psicosis escondida.

Oscura desolación,
sobre el techo sucio
la desesperanza
palpaba sin verla.
Fue cerrado el azul
del firmamento,
se abrió la tumba del tiempo
hecho letras...
La tierra se conmovió
con un vaivén escalofriante...

Se hicieron grietas,
dolores intensos,
que terminaron
en hendeduras pavorosas
y desafiantes,
la transparente finura de tu voz,
cuando la oigo,
trato de quedarme con las migas
para seguir viviendo.

ENAGUA

En sueños de media noche
vivo y siento la esperanza
de ser arrullado,
con el calor de su enagua
ornamentada
en cordones trenzados
de intensos colores púrpuras
o azules profundos.

Las costuras están hechas
de un pespunte con sus manos,
puedo sentirla como nido
de un pájaro sin alas.

Viviré eternamente
el momento
antes que éste se esfume,
me refrescaré en sus caricias,
envuelto con su enagua…

UN INSTANTE

Espérame un instante...
En el pequeño rincón,
ahí todo se dice al oído...

Así, avecillas del huerto
no sabrán en los contornos
lo que te diré o me dirás.

Estoy pensando en decirte
que eres redonda
como la luna sin partirse
en el cuarto creciente.

Serás brisa fugaz despampanante,
caminarás entre la espesura
de verdosos bosques
y sentirán tu donaire
a modo de barcaza viajera
en las inmensidades
de la mar callada.

En el fondo,
las piedras te imaginan,
te desean intacta
al igual que la mar bajo la noche
se duermen en tu pensamiento.

VENÍAS

Venías descendiendo
de donde todo existe
si es orquestado,
todo es sentido
y no puede ser explicado.

Desde que los pétalos viven
en el instante mueren
y los ríos son inmensos
después un arroyo.

Es allí
donde tú cautivas con canciones
a los ébanos erguidos
que figuran transparencia.

Ellos pertenecen a un recuerdo
de finales sin principios desorbitados
con suspiros mentirosos de tormentos.

Al saber que algún día
vendrías sin atavíos
concibiendo tu figura elástica.

VIDA

He conocido que la vida es grande
si nosotros sabemos
como vivirla…

Debemos de aprender
adonde el centro de la vida está,
la palabra vida es la más profunda
que he llegado a conocer.

Pienso en cada segundo sobre la vida
y soy tan afortunado
en tener este regalo…

La vida es sagrada,
como la distancia
sin ningún visible final
nosotros caminamos, corremos
y no encontramos el final de la vida.

La vida es dura como una piedra,
nosotros nos mantenemos amando…
Imaginémonos platicando
con alguien más y la palabra vida
no está en su vocabulario,
moriría porque la palabra vida
significa mucho para mí…

ALREDEDOR DE TI

Alrededor de tí
surgen espacios,
creándose huecos
en paredes paralelas,
sonidos pegados
sin brisas en el adentro
sintiéndose oídas vibraciones,
oleajes raros que se pierden.

Algún vocablo se los llevó
hacia lo imaginario en la lejanía
de recuerdos colgantes
éstos sin añorarlos,
son soplos fugaces
con el tiempo se transformaron
a vértigos insolados.

Los espacios eran elementos
sin sombra ni aposento
creándose cenizas
en el oráculo de la inaptitud.

EN UN CAMINO

Sobre un camino
angosto y pedregoso
había grama envuelta,
yerbas secándose
plagadas de infortunio,

me pregunté:...

¿Volverá la de ojos
de lluvia sosegada,
de piel fina, lánguida
que destila hipótesis?

Nadie sabrá,
de que están hechas
las partes de su piel;
son sólidas, sublimes,
y al tocarla sin tregua
se percibe un manantial
de agua fresca...
¡Llena de recuerdos...!

DESAIRES

Los desaires son filos cortantes
llenos de remembranzas amargas.

Centímetros
de adversidades injustas,
de bases enfermizas vividas
parecen estar muertos
en cajas mortuorias
perdidas en el aire
impregnadas de dolores
y ahogos manipulantes
someten a la garganta,
destrozando la voz palpitante
de la subconciencia viviente,

alimentando sus ideas erróneas
de paisajes pintados.

Así raciocinio se convirtió
en barro quemado,
abandonado
sin haber entrado al horno.

ERES

Eres eco, murmullo de pájaros,

tu voz de avecilla viajera

cantando va y cantando viene.

Este es el cantar

que subyuga mi piel,

mis íntimos anhelos

y he sentido el aletear

constante de tus alas

en las noches

de profundos sueños.

Despierto, adivinando

¿Donde estás?

¿Por qué te has ido?

¡Qué desgarre he sentido!

¡Mi murmullo viajero…!

TODO

Todo el amor se perderá
en la tierra profunda
llena e inflamada de caos
térmico gradiente.

Es probable que al alba
de su memoria decline
declarándose inmunda
con heridas letales
viles y cobardes.

FRÍO INVIERNO

Era un frío invierno
jazmines casi secándose
vencieron la muerte
vivieron para sentirse juntos.

Entre la lluvia pringante,
las canciones de cuna
se escuchaban en melodías
de sucesos adyacentes.

Las coquetas nubes pasajeras,
con frío por dentro, veían
y se iban, sin volver la mirada
al cañón inmóvil frío,
donde la sangre
dejó de correr sus recónditos
caminos de la vida.

LA VERDAD

No me escondo
en medio de los paraísos
exóticos de la materia,
el tiempo carcome lo impuro,
perdiéndose en infinitos de la tierra
que no perdona…
Y es la juez indescifrable.

Aquí es donde la carne
se convierte en gusano
y se hace polvo,
así las vanaglorias,
vanidades e hipocresías
han finalizado sobre el camino.

INQUIETUD

Me inquietas; si me posas tus manos,
me besas…
Y quedo trastornado,
en lo profundo de besos delirantes
siento un sabor a infundia derretida.

En el silencio escondido y callado
hubo un momento adsorbido,
en lo enmielado de tus labios
con sabor a caramelo Neoyorquino.

MIEDO

Sentimos miedo
de las sombras
que enmarañan los sentidos
de aterrantes conclusiones
que nos envuelven.
Son lesiones
que magullan
y corrompen.

Sobre el trozo
persistente de los miedos,
percatados de los sucesos,
convulsos, friolentos,
los amaneceres vienen
en las decadentes circunstancias
de esos huecos que los minan
y tendremos que pagar…

LA VI

La vi y la imaginé
en un pedestal sin orillas,
sin finales
que coartaran la mirada.

Sus frágiles movimientos
de brisa mañanera
no se perciben,
se siente como susurros
de alondras viajeras
que van y vienen,
abandonando sus nidos
quizás volverán al atardecer.

Lo imaginé
por haberme conmovido
su voz llena de miel,
de momentos melodiosos,
de una mañanita de sol,
en vocabulario pronunciado,
y palabras orquestadas
con acordes de silencio…
Oleajes sordos, lejanía viajante,
inundó súbitamente
de lo que sería y no fue.

ME ACORDÉ DE TI

Me acordé de ti
sentado en el páramo del olvido,
era también una encrucijada
de ilógicos segundos que se cruzan
y se esfuman poco a poco.

Dime la verdad,
¿Te tambaleas en el hilo
primogénito del amor?

Creo que tu cara y tus ojos,
son frases de palabras
paralelas a ti, a mí
así, explican el motivo
de lo que pasará más tarde.

Nuestro amor se perderá
en placidas noches
de instantes sombríos,
terminaran las purezas
de caricias ardientes,
de brisa venidera…

Los árboles acumulan
y estrujaran mi sangre
fluyente dentro de mis venas,
entonces un palpitar horrendo
entre tú y yo dará comienzo
a nuestro final eterno.

NO ME HABLES

No me hables de lo inexpresable,
quizá podrían ser lagrimas
rodadas sobre las paredes pupilares
o quiebres del tiempo...

Hechos caminos sin luz,
fríos sin pasión,
fueron como sueños falsos,
sin espacios de meditación,

quiebres que se hicieron ríos
de caudales inmensos
que ahogaban los recuerdos.

Unos ayeres vaciándose
en las fuentes lagrimales
de los adentros póstumos
sin sal en los contornos.

Se habló, enmielando cada palabra
con gotas de lágrimas
que gritaban de dolor
cayendo al piso
rodando y llorando.

NO TE ESCONDAS

No te escondas
debajo del sudario del universo…
Al verte perdió la sombra
que te emancipaba, arropándote
con el crepúsculo
idolatrándote incisivamente.

Se hundía en la mirada,
preparando la lluvia
para ver tu cuerpo
húmedo, mojado
transitando por los valles
de caminos verdosos,
de pequeños estanques
y ríos crecidos corriendo orgullosos,
marcando tus pasos.

Canarios cantando pelean por verte,
la lluvia constante imprime tu cuerpo
con gotitas espesas de granizo sólido.

¡No, no te escondas muchacha
del grandioso universo
que él se vuelve celoso
si matizas tus líneas al final del invierno!

ÓLEO

Un óleo sordo
se volvió recuerdo
al compás del olvido.

Habían sonado las campanas
perdiéndose en el eco del din dan,
creando un coro de melancolías
y armonías sublimes...

Era el verso de una flor que brota
a la luz del sol
empezando a aparecer,
y exclama en la plenitud del día.

Los despertares dan comienzo
a un mundo lleno de alegrías
y ese sonido de campanas
incita al silencio con olor a polvo.

Le toca su alma soñolienta
y del corazón le fluye la sangre
como notas musicales en frecuencia.

SENTIDO AMANECER

Amaneció y encontré
un sin fin de romances
desesperantes, pervertidos
en los callejones sin rincón,

pasé de nuevo una mañana,
parecía ruidosa, polvorienta,
los callejones llenos de hojas amarillas
que habían caído sobre la tierra árida.

En sus venas,
ya no corría su sangre,
solo destilaban amarguras latentes
humedecidas en las pupilas.

Poco a poco la derrota llegó,
no suspiraban,
las heridas quebrantadas
surcaban sus alrededores

seguían la dirección del viento,
eran arrastradas
a un mundo inconcebible.

SI ME DESHOJAS

Si me deshojas muero,
no me hagas sentir penas
porque hay desgarres…

Me apabullas,
con las ramas secas
que se caen solas…

Eres la esencia de mis desvelos
cuando en la noche
sigo tus pasos…

Si los veo de lejos están sentidos
sin haber perdido ese cansancio
que van marcando en los caminos…

TIEMBLAN

Tiemblan las manos con el pudor
lleno de angustia,
el tiempo colapsa,
hundiéndose sobre lo inmóvil.
Las gavetas podridas
convertidas en andrajos
sin valor...
Cuando las cucarachas
llegan a dormir
recogen los desperdicios
olvidados en el rincón
de la madera apolillada.

UNA MAÑANA

Era una mañana sombría,
aquejumbrada
con espejismos…
Sin sol ni brisa ni viento…

¡Así me acostumbré
a sentirme solo,
como un canario
que llora y canta
solo en su jaula…!

DISTANCIA

Un día caminando
a través de la distancia,
se hablaba de un infinito,
sin conocimiento
de momentos vividos…

En los ecos pasados,
encontré centímetros,
metros, kilómetros
que involucran el alma,
sentimientos de sangre…

También…El yo de los hombres…

Todo llega a ser filosofía
entre nosotros los humanos…

TE AMÉ

Te amé en la sombra,
me arropé en tus muslos
in anárquicos.

Un anillo brillaba
y con en el tiempo se opacó;
las partes de lo que estaba hecho
se dislocaron, se perdieron una por una
en las calles vacías.

Era una tarde lluviosa y fría,
escuché una voz
quejumbrosa y pesarosa,
entrecortando palabras
me dijo quedo al oído…

¡No te vallas,!

¡No te hagas aire,!

¡Estas corriendo en mis venas!

¡Ahí convulsionas mi cuerpo,
los bosques están secándose
en los campos desolados
se derriten gota a gota!

TIERRA

Tierra,
eres contrita,
aire, plantas,
árboles
y tantas divinidades
que nos brindas
sin hipocresías.

Los que te pisan, te merodean
te están causando heridas
en lo voluptuoso de tu ser,
aparentemente yaces inerme.

Si tienes paz,
en tu benevolencia noble,
vives, sangras
como ríos,
explotas
en las olas
de los mares desbordantes...

Fue clavada la daga de lo ilógico,
el raciocinio profundo
y verdadero no existe,
solamente hay ambiciones destructivas
y te están haciendo añicos.

Los conceptos
y conocimientos puros
en cada neurona
de nuestro cerebro
se han hecho granos de arena…

El hombre todavía está ciego
por esas razones y muchas mas
la humanidad
está cayendo al precipicio
de la muerte;
no súbita, si no a pausas.

Tratemos de no llegar a ese final
porque será un infierno
de agua y fuego
llanto y gritos pavorosos.

¿Quién será el culpable?

¡El hombre indeleble…!

TU SOMBRA

Estoy al lado de tu sombra,

los anaqueles vacíos,

intrigas con color de manzana

sin cáscara ni señoría…

Apegándose al caos,

quedó en la penumbra

con vástagos secos…

Hormigas comiendo

lo que había quedado

del día postrero.

DESPRECIOS

Soy sólido para el desprecio,
no tengo cavidad ni hueco,
como la piedra dura,
maciza, compacta.

Teniendo como código genético
un alma de supremacía viviente,
así siento que vivo
y no me duelen los golpes
tan atroces de la vida.

TU MIRADA

Tu mirada trémula,
convulsionada,
adorna el espejo de la vida.

Tú supiste enarbolarme
con besos de paloma viajera
que va corriendo hasta el mar,
para envolverlos
con arena movediza y perjura...

Voy detrás de ellos para alcanzarlos,
recogerlos, verlos y sentirlos,
bajo el púlpito,
donde los escondió la arena.

EL BESO

Me gusta tu beso,
vino enmarañado
de dulzuras y momentos
con música de alas.

No lo entendí; me pregunté:
cómo el viento
te envolvía con caricias,
sentí celos de ese viento,
torpe y loco,
quería robarme a mi adorada.

SUEÑOS VIVIDOS

Duermes en el ocaso
de la incertidumbre
de vida plena…

¡No vuelvas a ver el instante,
desde luego es agonía,
podrías sentirte temblante,
bajo tus alas de mariposa viajera
encontrarás deliquios
o penas sucumbidas!

Sobre escaños del atardecer
despertarás, insípida
dueña de pensamientos erróneos
de sueños vividos.

TU VOZ

He oído tu voz en mi sangre
hecha de lodo y contristada de penas,
mortuorias tristezas y colillas del yo...

Pisé muchos caminos,
rumbos oscuros de llantos,
creyendo que algún día
escucharé tus suspiros...

Correré en tu ayuda
al tenerte entre mis brazos...
¡Te besaré sin tregua
y moraré a tu lado
con vivaces mañanas!

¡Oh muchacha de enjambres!

Tú serás para siempre
la grandeza
de idilios convincentes.

BESOS PASIONALES

Nosotros hemos vividos
pasiones de besos
inadecuados sin sabor a nada,
se quedan perdidos en las esquinas,
donde las hojas caen
sin haberse secado.

Existen besos
que sofocan,
besos que se duplican
cuando los brindas,
besos que son infierno
cuando los vendes.

Es mejor entrégalos en plenitud
para que no sean limosnas
que tengan tibieza o hiervan,
no rebasen de engaños
ni se derramen como copas
en lineamientos torcidos…

Descuidando los instantes,
como soga deshilándose
entre la muchedumbre,
envueltas en pasiones
que a veces son catástrofes
por los sinfines eróticos
que desorbitan el alma.

MI PEQUEÑA SEÑORA

Mi pequeña señora
es una de mis grandes verdades
tú eres la señora bella y pequeña
que he llegado ha conocer.

Eres río azul
Bajando de verdes montañas,
cuando estoy solo pienso en tí,
tú eres el ángel del universo…

Mi pequeña señora,
tú estas ahí
durante los dificultosos
pasajes de mi vida…

Cuando no te veo,
siento como si mi cuerpo
está siendo quemado
por las penurias sufridas
en el tiempo de la vida.

Podría reír
pero mi corazón
está gritando de dolor,
eres la causa de mi sufrimiento
tú eres mi sueño sin monotonía…

Mi pequeña señora…

CUANDO LLORAS

Cuando lloras, es porque las ideas
como plumas volátiles
se van y no vuelven,

éstas se disecan como enramadas
aunque hayan nacido
en las diminutas olas ondulantes
del arroyo…

Con su delgado caudal de agua
agonizó en las piedras
que pisabas al atravesarlo,
éstas también se disiparon,

se volvieron blandas y lloraron
porque su solidez fue perdida,
ya no sintieron la planta de tus pies
posarse sobre ellas,

todo se perdió en los adentros
del arroyo y se hallaron lloriqueos
traspasantes de su ser…

Nunca se oirán los gritos de aquel final.

RÍETE

Ríete,

no seas letal,

si ríes

para no llenarte

de abrojos candentes

o raíces

hechas de vasto fuego…

Así

al sumergirte

en lo suave

y delicado

del aura,

un secreto inexplicable

se esfuma;

y no fallece

en la proeza insólita

de la estructura humana.

ROMANCE

Romance eres tú,
tienes la fineza del capullo,
de flor vivaz e inquieta,
como hojas de árboles primaverales
desbordando paraísos distintos.

Si el llover es constante
me consuelan
cielos apocados…

Cuando siento tus besos
de abeja enamorada
viertes miel de tu boca…

Cuando la comisura de tus labios
me estruja con besos
se desatan atracciones indolentes,
y mutilantes
se van y vuelven de las entrañas
del amor que acapara los sinfines,
que amamos sin pensarlo.

¡Oh que romance tan grandioso
hemos vivido!
¡No lo olvidaremos jamás
corazoncito enamorado
de los besos hechos de agua!

MI CUERPO

Mi cuerpo es una bóveda,
donde te guardo erguida
sin perjuros, sin mentiras…

No puedo verte ni palparte;
la brisa vespertina amaneciente
te toca, te lastima escondida
entre los rincones de mi alma.

Tu eres uña de mi carne…Inseparable

No hay orificio muerto que nos separe,
aquí vivirás toda una vida,
hasta las ultimas memorias subliminales.

EL SONIDO

El sonido
vociferó dolores
y es que ha querido marcar
las huellas latentes,
imborrables y profundas.

Prendas olvidadas,
con la mirada sana
y momentos
donde todo es pregunta sin luz.

Los valles surcados,
creados con vegetación
sin brillo, sin sol,
por martirios que fueron
sombras opulentas
en las devanantes punzadas…

Dentro de un perímetro
no multiplicado con convicciones,
no tiemblan ni gritan
en los momentos cruciales
la espera de un ocaso
del sonido llegó tarde.

DEBERÍAMOS

Deberíamos decirnos tantas cosas:
las que ocurrieron
y las que no pasaron.

Por ser amantes desconocidos
estábamos viviendo perdidos
en el lago sin fondo.

Donde fuimos y no estuvimos
ni nos encontraron,
pero si nos oyeron
acogernos a las raíces y hierbazas.

Plantas milenarias
brotaron del tiempo
para abrigarnos…

La desolación no nos forzará
a ir hasta a lo profundo
buscando las cavernas
sin odios o rencillas,
con ojos de fuego…

Así podremos vivir
como dos ermitaños.

NO ME CULPES

No me culpes si te doy un beso
emigrado de lo inmaduro,
convertido en un fruto sazonado
extraída de la miel.

Los néctares de las flores
expelen olores adolescente
manteniendo vestal inocencia
en mí, hallarás apogeos ilusionados,
florestas cubiertas de hojas verdes.

Sin palabras pasará la brisa,
se irá distante, enterrará el secreto
de emociones inmensas…

SI MUERO

Si muero,
algo de mí trasmitirá
la esencia al viento
y debajo del viento,
algo como un trazo
de ruego grandioso,
o un secreto
verdinegro inexorable.

Saldrán lágrimas
como gotas rociadas
fluyendo en estampida.-
Sobre las calles,
caminos y veredas,
se involucraran huracanes cruentos
terminando secos
en los depósitos vacíos del olvido…

TU PIEL, MI PELO

A tu piel le brota un suave olor
a selva cadenciosa
y tenue aroma de miel.

Eres poesía en movimiento
llena de tributos y elogios,
sintiéndolos se asoma la lluvia
y todo se vuelve ríos.

Al entregarme las miradas
te adueñas de todo,
de mi cabellera
gruesa espeluznante
como raíces llenas de fibra
al abrirse brotará la esencia
con oleajes enmudecidos.

EL QUEJIDO

Un quejido inmenso navega
sobre los cuerpos sin dolores,
rotos por dentro
como tambores de guerra.

La noche sin luna es oscura,
refleja la diferencia
del dolor y las pasiones.

Horrendas arrogancias
en el fondo de los sentimientos
son piedras blandándose.

Se fue perdiendo
la ciencia en la conciencia humana,
madurada con recuerdos implacables
que cabizbaja, inestable y desolada
se sumerge en el espacio de la tierra

para que le dicte el desgarre
que se siente de lo infame de la vida.

PLATIQUEMOS

¿Quieres platicar conmigo?
Comienza... Sin flechas
con pavor en la punta, apoltronadas.

En lo ancho de la garganta
donde se prepara la voz
aparece un sonido inmenso de palabras,
unas con acento, otras sin este.

Algunas palabras
fortifican la carne andariega,
otras la machacan,
así se irán acercando hacia lo indiscutible.

Las peticiones o ruegos
quedan moribundos...
En el pasado éstas fueron existentes
desde cualquier ángulo entre los dos.

El altar se partió en pedazos,
entonces el sol aparecerá
y será testigo ocular
de lo que hicieron las palabras.

INCITACIÓN

No me incites a ver tus ojos
profundos, verde claro
escondidos allá en el pequeño
bosque de tu alma.

Ellos juguetean como
estrellas en el cielo,
al verlos y verlos
muy de cerca se convierten
en unos ojos grandes
de fondo gris, redondos,
suplicantes, imaginarios y sutiles.

Entonces se me antoja
darle besos contorneados
para vivirlos y sentirlos
y así poder llevarme la libreta
de palabras y secretos,
para guárdala
al costado de mi pecho
y poder hacer poemas
de tus ojos verde claro.

VERNOS

Quisiera verte
cerca de la casa próxima
a la misma hora
y siempre sentada
en la misma piedra,
dura por encima
blanda en sus adentros.

La coloqué debajo de la sombra
de la Ceiba arrugada y celosa
casi en desacuerdo
contigo y conmigo.

Era muy antigua,
como aquellos juegos de niños
sencillos y humildes,
como las constelaciones
de las noches calladas
entre tu amor y el mío.

Fueron cadencia
de pasión profunda
y es que tu figura
se volvía altiva,
y fina,
desde que el sol
se perdía sobre el horizonte.

QUISIERA

Quisiera estar siempre a tu lado
para que mis manos no estén frías…

Entre el desvelo y el sueño
me siento adormitado
y así puedo sentir tus deslices
entre latitudes de un verano paciente…

Como campanas sonoras,
eclesiásticas mañaneras
que trasmiten el sonido
de palabras verbosas.

Ellas vacían mi cuerpo
y lo llenan de nuevo
en altares soñados
de tu alma de ángel
sin pecado venial.

NO ME DIGAS

No intenten decirme
que no es ausencia.-

Cuando no la veo pasar
sobre las orillas
acantiladas de la mar
vitoreando el silencio rosáceo,
gimiendo mezclando sus gritos
de tristeza y de dolor.

No volvió
la de los chongos de siempre,
enredados en su pelo
hechos con listones rojos encendido
matizando la pureza.

Si los ven son lamentos,
o son quietud ideada,
acercándose
son la paz sin fundirse
envueltos en la noche fría.

ESTA NOCHE

Esta noche
he traído a la memoria
llegar a tu casa pequeña, sencilla,
de paredes de arcilla derretida.

Se escuchan mis pasos en silencio
de héroe amante;
y tus manos sobre mi pecho
ahogándome de suspiros extraños
sintiéndolos solo tuyos y míos
viviendo entre lo calido
sobre verdes prados.

Soñabas despierta
en tu pequeñez de blanca paloma
volando entre los higüeros,
respirando follajes de silencio

que serán ahora pebeteros
quemando el incienso perdido
en diminutas moléculas.

PARTÍ

Partí distante a buscarte
buscando apoyo
con las penas ya sentidas.

En el vástago seco de mi cuerpo
todo era aire desabrido
como la espuma
esfumada en el zumbido
de los huracanes cruentos.

Fue el momento
en que pensé que no ardían
ni quemaban mis adentros,
eran fríos y delgados
no pensaban, ni sentían

desbordándose hechos polvo
en el túnel del olvido
o en algún lugar
de nuestro pueblo añorado…

Donde me entregaste las lisonjas
que guardo para siempre
en las venas y sus ríos
que atraviesan los rincones de mi ser.

UNA LLAMADA

Hice una llamada
y pregunte por ti,
me dijeron que no estabas
y un agujero visiblemente
recóndito germinó…

En sus lados consuelos
con principios consistentes,
el fondo impregnado con quejas
y lagrimas afables,

el diámetro se dividió en dos
y brindo su resguardo
a las reflexiones inadvertidas.

Sobre sus lindes
los días fueron escritos,
la circunferencia
dejó de atesorar lo inolvidable.

HE CONOCIDO

He conocido unos ojos danzando
cuando se mueven
parecen cunas de melodías
desencadenando palabras
con viento, mar y olas.

Siendo canción en sonetos
sobre el hombro de un árbol
dejando palabras marcadas
entre el tronco y las ramas,
sin congelarse el júbilo.

Cuando vean dormir tus ojos
en el sueño profundo
del azul lejano
los pájaros presos no morirán
y podrán platicar contigo.

ALGÚN DÍA

Algún día cuando estemos
solos tendidos sobre la árida grama,
quemándonos los huesos...

Pareceremos pedazos de madera inmóvil
sin perder el rose sensual
de miradas encendidas como brasas...

En el momento de pasión
habrán desdenes llenándose
hasta el borde de la copa
con los interiores de paredes desoladas
y escalofríos que tienen voz
y posibles desvaríos.

La tierra no será obscura por idolatrarte,
ella conoce el fundamento intimo
entre los dos,
bajo la censura de la humanidad.

AL OIRTE

Al oírte, una luz palideciendo
apareció en el vacío oculto
de la conciencia decaída.

Segundos de impulso doloroso
se hacen espumas
sobre el silencio simbólico
de la psicosis escondida.

Un fondo inaudito entre lo oscuro
de la tristeza marítima
se rompió en pedazos
en el jardín sin flores
de la inequívoca desesperanza.-

Que es tocada sin verla,
al cerrarse la infinidad del firmamento
en gotitas de lluvia pertinaz,
muriendo de agobios
como una tumba solitaria.

CUANDO TÚ TE VAS

Cuando te vas
una tristeza invade
mi quieto corazón…
Entonces, palpita
rápidamente la sangre
a través de mis venas
fluye precisa…

Involucrada en profundas
emociones
y dolidas resonancias
de un río voluptuoso…

Viviendo los sonidos de burbujas,
bajando de las cúspides
de la arboleda montaña
hasta encontrar el bajío.

Ahí encuentras esperanzas muertas
y la negativa de no volver jamás
a recoger los recuerdos.

SERÁS

Serás estrella sostenida
en el lado opuesto
del universo soñado.

Tus senos perdidos
gritan resonancias gloriosas
que serán escuchadas
y ligadas a elementos rocosos
con leyendas olvidadas.

Dentro de razones borrascosas
moviéndose
entre los donaires corpóreos,
o derroches secretos
guardados en ángulo
sobre la cumbre silenciosa.

TE GUARDO

Te guardo
en la libreta;
está tan vieja
que sus páginas
se parecen a el lapso
en que el alba
encuentra la congoja.

Las migas
de la soledad abrumadora
las ojeo y empuñó un lápiz
subrayando el amor
con engaños ilusorios
y la conservó
en el histórico portafolio
construido de calvarios.

SILENCIAME

Silénciame con la cruz
de añoranza abundante,
perpetuamente confusa,
para armonizar hipnosis
con desatinos.

Por los ojos soñolientos
nacieron ansias
y consagré palabras
aclaradas de lascivia.

Luego de expresiones integras
volveré a quedarme
profundamente dormido
en el éxtasis
de anales inexcusables.

HE PERCIBIDO

He percibido
la iglesia del tiempo
sus campanas,
movidas por el viento
sin ser belicosas.

Junto al amanecer
se llenan de quejas,
cruzando calles siniestras
saturadas de ojos oblicuos.

Traspasando la mirada
hacia el vacío secreto impúdico,
amordazada al árbol solitario
y perdida en la espesura
hinchada en el dolor.

ILUSIONES

Ilusiones van y vienen,
entre la conciencia de la mente,
en viajes profundos, esporádicos.

Impensados en el equilibrio
fugaz, pasadero,
desde que imprecisiones psíquicas
intercalaron en la carne vapuleados.

Con tormentos desteñidos
entre los rayos, destellos, truenos
se rompen en relampagueantes sonidos.

Los llantos de luces hipotéticas
que agobian, perturban anhelos íntimos,
en el mundo indomable,

viviendo lo mundano
que a pasos equivocados
van y vienen, sobre el hombro de la vida.

MADRE

Madrecita querida,
eres la fuente de inspiración divina
mezclada con besos y caricias,

y también un jardín,
donde comencé los primeros
instantes de mi vida.

A veces vivía instantes sombríos,
de desolación inquieta,
por conocer el mundo
y sus instintos humanos.

siento de ti las caricias de tus manos
con el calor de tu regazo,
acolchonando la pureza de tu alma.

Entonces puedo decir,
que tu eres mi vida y yo soy la tuya,

bendita seas madrecita anhelosa, abnegada
por darme a mi la vida.

MIMOS

He estado sintiendo tus mimos
de las yemas enrojecidas
de tus dedos emblemáticos,
desde que la injusticia
logró ser olvidada.

Cuando partimos
de aquel pueblo
donde vivía el barullo
y miradas al acecho
entre los pueblerinos injustos
e impuros.

DE ESTE AMANECER

Me gusta verte en el recodo,
ese recodo tiene un momento.
Te veo sentada sonriente, fascinada,
me duele eternamente.

Esos momentos me cautivan,
cimbran el alma,
apabullan los sentimientos.

Siempre serás…

El cataclismo interno de este amanecer.

PERMÍTEME A MÍ

Permíteme pensar sobre ti,
así irremediablemente podría darte
todo mi amor y cuidados.

Yo creo, que tú necesitas
esta clase de amor vehemente,
para llegar a ser mi imagen
erguida en mí.

Quiero que nuestro amor
se vuelva más grande,
sin líneas divisorias,
al conocer que el amor
no es un juego irrevocable
nos realizará.

Presiento que dudas
si tú no estás pensando amarme a mí,
en la intimidad del amor,
allí no habrán palabras
que nos describan a nosotros dos.

PRECIPITACIONES

No me sucumbas
ni me precipites
con ahogos sueltos
en tu imaginación clandestina
con lo incautado en el vaso.

No se pudo encontrar
base ni altura;
los desesperados días
fueron desligados
de lo que era árbol erguido,
que cayó y se deshojó
en el fondo del barranco
mugroso, vestido de harapos.

Ausente se volvió mediocre,
incauto, soberbio,
desde el momento en se que perdió
en el fondo carcomido.

SI ME HABLAS

Si me hablas tu voz enmudece,
viviendo un silencio,
gritando al exterior
de la sociedad callada,
con un sol opaco, sin brillo.

No hallaré respuestas ecuánimes
que me sanen las averías
encontradas en lo noble.

Cuando se piensa
en un yo y en el yo de ella
somos seres contritos
al costado del calor
o del sobrante del frío.

No pudimos escapar
de las miradas que involucran
hipótesis trascendentales
que se hunden en el vacío,
en el modo solemne
evocado de la vida…
Buscando un sitio,
llamándolo arquidiócesis.

SÍGUEME

Sígueme con tus pasos
de seda inalterable,
persígueme sin hablarme
hasta que las esperanzas abruptas
formadas en escollos
lleguen de influjos gentiles.
Ahí encontrarás un castillo,
un imperio de arcilla.

Como de juguetes nuevos,
cuando la oscuridad
aduce un linaje sólido
de lazos fecundos
dentro de los dos,
desde que la noche despunta
más allá del horizonte…

¡Me alcanzarás algún día
en árida estepa solitaria,
sediento, tambaleante, llorando
como el mar convulsionado,
desfigurado en sus secretos…
Sígueme, búscame, no te canses
para no morir de frío.

SOLA

Pensé que caminabas sola
entre los pinares del río,
derramando pasados sorprendentes
en un flujo de venas
disminuido como caudales destruidos.

Envueltas en penumbras de tristezas
que murieron sin un extracto entendido
haciéndose ilusiones ineficaces
en los antifaces de la vida…

Recuerdos insólitos
llevados como trastos
de barro de indígenas,
que al caer se rompen en pedazos.

Ya no habrá olor ni peste.
Así, la verdad no tendrá un espacio,
no habrá mañana
que no tenga un amanecer.

Las frases verbales no serán extinguidas
por ninguna lengua
de vocabulario sin conciencia.

TE FUISTE

Te fuiste
con los principios tormentosos,
deliberantes en los anales escondidos
en el infinito mundo de ideas.

Pensamientos minando
lugares sensibles del alma
crecen y se desarrollan
idealismos inciertos.

Entre la dureza débil y podrida
de un abismo sellado
en el agujero profundo,
cuando el pasado y olvido
y se convirtieron en humo.

El tiempo y desahogos semejantes
a vendavales de alas inviolables,
saborearon ácida miel,
vertiéndose sobre pétalo y pétalo
del jardín de las tardes claras...

De otoño frío, taciturno y coqueto,
jugueteando al compás del recuerdo
de su delgada figura...
Se fue y se fue...
La de ojos grandes sin dejarme un adiós...

TU CUERPO

Cuando tu cuerpo piense
fugarse de mis manos desnudas,
con la piel ya en deterioro,
mi corazón se detendrá…

Al conocerme profundamente
sabrá que no eres objeto,
entonces hervirá la sangre,
al sentirlos variantes habrán gemidos
que se oirán a lo lejos,
llenos de celos entrelazadas entre si.

¿Por un instante te quedarás quieta,
sin saber quién eres,
de dónde vienes y por qué naciste?

Después sentirás conmociones intensas
llenas de ruegos
dentro de los santuarios.
Ahí se oirán en medio de la noche,
vientos claros y abiertos;
que pasarán sin risas
y los ecos del sonido;
serán sordos y ciegos,
con escalofríos lívidos
que serán germinación secreta del mañana.

A ESOS OJOS

A esos ojos les vi una diferencia
de un invierno que gota a gota
a veces moja y en ocasiones
humedece esa sonrisa precordial.

Junto a lo inmenso del verano
figurando la luna llena,
en las noches silenciosas ruborosas
nunca aprendí a tocarlas ni a sentir
su fondo lleno de secretos inmunes
con el retorno de los días
nada será fuga ni pasadero.

No lloverán mentiras nefastas
que obstruyan la oleada sanguínea
quizás algún día
los caudales de amor omnipotente
ya no correrán.

A UNOS OJOS

Tus ojos me entretienen
cuando me ven
dormidos en las noches pardas y tibias,
con azahares
circundando un espacio,
en un mito de silencio insoportable
que se aleja entre el barullo, pálido.

Guardando silencio,
quedándose abiertos
sobre los instantes quedos
en un minuto de preguntas
circundadas
mediante silabas desojadas,

al deletrearse
se oyen entre el sonido
estruendo de las olas
caminando sigilosas,
cargadas de preguntas.

RECUERDOS

Recuérdame…
Cuando pases sobre el camino
angosto sin savia…
Procura regresar a esa curva
que dejaste…
Ahí quedaron suplicios abismales
fluyendo como agua mansa;
seducida, aclimatada
a tu remanso
de mujer adormecida,
abrigada con corteza y cendal;
sin negar las circunstancias
de esa senda con nosotros…

MI ALMA

Mi alma
fue cortada en tres
a medias de la noche…
Fue sentida
en cada una de las extremidades
tambaleantes…
Fue un destrozo
que afecto
hasta las ultimas cavidades
estructurales fibrosas,
rotas por dentro
y cortadas por fuera
una a una sin cesar…

MI NIÑA

Tengo mi pequeña princesa bonita
y le canto de mañanita
bellas canciones infantiles…

Ella es tierna,
sonríe conmigo…
Cuando le leo sus libros
que su mami
le trae en una bolsita
jugamos a la escuelita…

También le cuento historias
para que se sienta muy contenta
con sus lecturitas.

EL RÍO Y YO

El sonido
de ese río,
es como sollozo
incesante,
viajando
entre las piedras
muertas,
frías,
vacías,
sin ánima…
Me condensa
y lo vivifico…
¡Quizás estoy en él!
¡oh él esta en mí
alerta, vigilante…!
Las espinas fracturadas
nos fisura a los dos
y serán profundas heridas
si no las refleja el sol…

TE AMO

Te amo,
cuando el elíxir de tus besos
humedece la carne,
y ungidas en las cavidades
ocultas de tus manos en plenitud…
¡Te amo…

Sobre la vida, el anillo lunar
hecho de lo integro
se plasma…
¡Y te sigo amando…!

Al inclinarme frente a tu imagen
hecha de barro sencillo,
encontré un camino despojado…
¡Y te sigo amando…!

Muriéndome estoy…
En las manos de la noche fría…
Subsisto…
En las florestas de las ilusiones
como un río deshojado…
¡Y te sigo amando…!

Algún día…
El tiempo y la substancia
despertará al árbol de la mañana…
¡Y te seguiré amando…!

LA BUSCO

La busco caminando a paso lento,
solo, triste, perturbado
en las calles de mi pueblo,
sin morir las esperanzas
que traigo en el alma,

a veces paro
en las esquinas
y pregunto a los transeúntes
si saben quién es ella
y cómo encontrarla.

Me dicen:
será de tez morena
o trigueña,
es canción si ríe
cuando aparece el alba.

¡Sí, eso es ella!

Entonces… Síguela buscando,
no percibas la derrota,
antes que el sol se pierda
estarás frente a ella.